Mit Phantasie verfeinert

meinen Kindern,
die ihre Spuren
in den Geschichten
hinterlassen haben

Almuth Germann

Mit Phantasie verfeinert

*Bibliografische Information der Deutschen National-
bibliothek:
Die Deutsche Nationalbibliothek verzeichnet diese
Publikation in der Deutschen Nationalbibliografie;
detaillierte bibliografische Daten sind im Internet
über http://dnb.dnb.de abrufbar.*

© *2016 Almuth Germann*

Umschlagfoto: Verena Germann

*Herstellung und Verlag: BoD – Books on Demand,
Norderstedt*

ISBN: 978-3-7412-5569-4

Inhaltsverzeichnis

Lesender Bauer	7
„Es graute dem Morgen"	9
Ein kleiner Einstein	11
Stammbaum	13
Im Zug	16
Das Kätzchen	18
Erntefest	19
Das alte Zimmer	21
14 Tage Weihnachtsferien	24
Pizzatradition	25
himmelhochjauchzend	27
Topf	30
Wonnemonat Mai	33
Post	35
Erpel in Weimar	37
Schafe auf der Fraueninsel	39
Hase und Igel	42
Pferde	43

Lesender Bauer

Wieder sitze ich hier, wie an jedem Nachmittag. Ich trage meine alte Jacke, meine Kappe, mit der mich jeder kennt, die ich auch im Haus nicht immer abnehme. Trotzdem bin ich noch kein Gerd Dudenhöffer. Ich muss nachdenken. Der Kopf ist mir schwer. Mir fällt einfach nichts mehr ein zu dem, was ich erlebt habe. Was hat sie sich nur dabei gedacht?

Heute Morgen hat sie wie immer die Kartoffeln geschält, das Gemüse geputzt und zeitig das wenige Fleisch aufgesetzt. Im Garten hat sie die Petersilie geholt. Pünktlich wie an jedem Montag kam um zehn Uhr der Brotwagen. Danach wurde sie unruhig. Ständig guckte sie zur Wanduhr. Ganz unerwartet stand sie kurz vor dem Mittagessen mit einem kleinen Handkoffer in der Stube, guckte sich noch einmal um und verließ das Haus in Richtung Bushaltestelle, kein Wort, kein Gruß, kein Blick zurück.

Und nun sitze ich hier, im Weinglas nur ein Schluck Wasser – der meine Gedanken nicht anregt. Das Blatt Papier enthält auch keine Worte, kein: Bis bald, kein: Ich fahre zu Luise, kein: Ich komme bald wieder.

Vor fünfzig Jahren saß ich auch so hier, als ich mich nicht satt lesen konnte an ihrem ersten Liebesbrief. Und ich habe hier gesessen, als sie mir ein Bild von sich geschickt hatte. Was hätte sie mir jetzt sagen und schreiben können? Warum habe ich nichts gemerkt, keinen Hinweis wahrgenommen? Ist es so wie mit dem Mann, der Zigaretten holen geht und erst nach sieben Jahren wiederkommt? Kann ich jemanden fragen, müsste ich nicht selbst am besten die Antwort finden?

Schwerfällig gehe ich in die Küche, um den Herd abzustellen, kein Gedanke ans Essen – nur ein großes Gefühl der Leere, weil ich allein gelassen wurde. Habe ich zu wenig mit ihr gesprochen? Was hat sie bewegt? Zu wem könnte sie wollen? Wer oder was ist ihr wichtiger als ich, als unser ruhiges Leben, das wir seit Jahrzehnten nicht wesentlich anders geführt haben?

In zwei Stunden fährt wieder ein Bus. Wenn ich mit den Nachbarn an der Straßenecke stehe, beobachten wir den Verkehr – ich weiß, wer in dieser Woche die Strecke fährt. Ob ich ihn fragen soll, wo sie ausgestiegen ist?

Und wenn ich es weiß, wenn ich sie finde, was sage ich zuerst? Wie würde sie mich angucken?

Konnte sie es hier oder mit mir nicht mehr aushalten? Hatte sie keinen Mut, mir ihre Pläne anzuvertrauen?

Ich suche ihren Brief von damals, ich weiß genau, wo ich ihn verwahrt habe. Und beim Lesen, immer wieder neu Lesen – geht es mir auf: Es war damals ganz anders als heute und es muss wieder ganz anders werden, ich muss ganz anders werden, wenn ich zu Recht für uns beide hoffen will.

Aus der Küche hole ich mir das halb fertige Essen, - mit ihr schmeckt es mir besser. Aber es stärkt mich und ich brauche es, weil ich zum Bus will, ich will sie suchen, ich möchte sie bitten, nicht wortlos zu gehen, sondern bei mir zu bleiben und noch einmal anzufangen.

„Es graute dem Morgen"

Wo bin ich denn?" Wie manche alte Menschen morgens ihre Knochen sortieren müssen, so fiel es ihr schwer, wach zu werden. Das Geräusch, das sie aufgeschreckt hatte, war ihr Wecker – auch wenn es in den Albtraum hineinpasste.

Noch sah sie sich in der Schule sitzen, der Taschenrechner schwitzte in ihrer Hand, die Tasten ließen sich nicht mehr herunterdrücken, Schweiß brach aus. Der Blick zur Tischnachbarin war verschwommen. Der Lehrer saß am Pult, fragend, manchmal spöttisch grinsend. Die Formeln tanzten vor ihren Augen, die Pyramide drehte sich in der Kugel, aber weder Umfang noch Inhalt ließen sich berechnen oder in Beziehung bringen. Das Klingeln entpuppte sich als Weckton – und ganz langsam realisierte sie, dass sie die Klausur noch vor sich hatte.

Zu wenig Schlaf, zu wenig gelernt, leider keine Bekanntschaft mit einem Mathelehrer. Gegen das Grauen die Decke über den Kopf ziehen?, mutig rein und durch?

In Gedanken war sie in Frankreich, wo sie im Sommer gearbeitet hatte – in großer Hitze, lange ermüdende Tage, aber nicht so nervenaufreibend und in Ungewissheit wie jetzt vor der Klausur. Die Sprüche ihrer Mutter halfen ihr nicht weiter – die hatte es hinter sich. Die musste kein Abitur mehr bestehen.

„Hoffentlich kriege ich kein Black-out!"
„Dann machst du die Klasse eben noch mal!"
– ein lieb gemeinter Rat des jüngeren Bruders, der trotzdem irgendwie aufmunternd wirkte.

„Von viertel vor zehn bis zwanzig nach zwölf" – ein Schauer lief über ihre Haut. Die zweite Tasse Kaffee half nur gegen die Müdigkeit, nicht gegen die angstvolle Erwartung. „Morgen geht's mir gut, dann habe ich die ersten beiden Stunden frei, aber dann muss ich noch für Englisch lernen." Ob dieses Grauen nie ein Ende nähme?

Als sie aus dem Haus ging, begleitete sie ein „Mach's gut!" Ein Blick zurück auf das Bild von Lydia, der vier Tage alten Tochter ihrer Kusine: „Die hat's gut, die hat noch keine Sorgen."

Ein kleiner Einstein?

Sein Geburtsort lag an der Eisenbahnlinie. Sie hatte Reichtum gebracht, die Anbindung an die Großstädte, den wirtschaftlichen Aufschwung. Beim Spaziergang stand er gerne an der geschlossenen Schranke und zählte die Eisenbahnwaggons. Durch nichts ließ er sich ablenken vom gleich bleibenden Rhythmus, den das Rattern des Zuges erzeugte. Vierzig, einundvierzig, bis dreiundvierzig zählte er. Fast wurde ihm schwindelig. Zählen, zählen, das wurde manchmal zur Lieblingsbeschäftigung, zählen, zuordnen, einen Platz zuweisen. Es führte so weit, dass er schließlich als kleiner Pimpf in der Schule den Lehrer korrigierte: Es heißt nicht hundert, sondern einhundert. Du bist ein Erbsenzähler, erhielt er zur Antwort. Daran musste er oft denken, wenn das grüne Gemüse auf seinen Teller kullerte. Zählen, Genauigkeit, Ergebnisse finden, das eröffnete ihm auch den Zugang zur Mathematik und zur lateinischen Sprache, Eindeutigkeit im Ergebnis, Beweise liefern können, logisches Denken entwickeln.

Ob Albert Einstein auch so angefangen hatte? Ob er selbst einmal ein großer Rechner oder Physiker werden sollte? Die Arbeit am Computer nahm ihm fast die Beantwortung der Fragen ab. Natürlich wäre er gerne berühmt. Aber noch etwas anderes machte ihm Spaß: die Juristerei. Dort konnte er sich versenken in Paragraphen, er konnte frühere Urteile und Beschlüsse zu Rate ziehen, aber noch lieber war es ihm, einen Schritt weiterzugehen und nach seinem Ermessen, für das immer noch ein großer Freiraum blieb, Entscheidungen zu fällen, Wege aus Verwicklungen heraus zu öffnen, Querelen zu beenden, Streit zu schlichten. Seine Liebe zum Erbsenzählen, das ostpreußische Blut, das auch in seinen Adern floss, ließen ihn eine Sachlage exakt einschätzen und beurteilen; er hatte sich entschieden, mit innerlicher Weite, mit einem großen Herzen Lösungen zu suchen, zusätzliche Wege aufzuzeigen oder zu ermutigen, eine Sache einfach ruhen zu lassen und dadurch Abstand zu gewinnen.

Wie oft schmunzelte er, wenn er an einem Bahnübergang warten musste und auf einmal wahrnahm, wie sich automatisch in seinen Gedanken Zahlen aneinander reihten. Bewusst unterbrach er sich dann, lenkte sich von dem Rhythmus des Zuges ab, weil er wusste, dass es mehr gab als das schöne, aber doch stereotype eins, zwei, drei.

Stammbaum

Mama war nicht mehr ansprechbar. Vor wenigen Tagen hatte sie einen Brief erhalten mit der Nachfrage wegen Ahnenforschung. Da der Briefschreiber in Kassel wohnte, bot sie sich mal wieder an, die langwierige Puzzlearbeit selbst zu übernehmen. Bei der nächsten Gelegenheit wurden die weniger wichtigen alltäglichen Arbeiten beiseite geschoben und die großen alten Bücher aus dem Tresor geholt. In kleiner säuberlicher Schrift, in Sütterlin oder in einer großen S..klaue waren dort alte Namen zu lesen, die bis ins Jahr 1838, manchmal noch weiter zurückreichten.

Kernfigur dieser Anfrage war ein Wilhelm, der dreimal verheiratet war. Würde man das heute noch machen? Bestünde heute noch die Notwendigkeit, eine Partnerin zu finden, weil man an sechs, manchmal an sieben Tagen unter Tage arbeitete, weil unbedingt eine Frau im Haus sein musste, die sich um die vielen Kinder kümmerte?

Namen um Namen füllten die Blätter: Wer ist wie mit wem verwandt? Wie hießen die Eltern? Damals wurde noch viel jünger gefreit. Frauen hatten selten einen Beruf und erschreckend waren die häufigen Todesursachen: Auszehrung, Krämpfe, einfache Krankheiten, die gerade bei Säuglingen eine hohe Sterblichkeitsrate bewirkten und für die es heute ganz einfache Gegenmittel gibt. Wie selten nur konnte man sich einen Arzt leisten!

Oft kam es vor, dass ein um das andere Jahr ein weiteres Kind geboren wurde, im Durchschnitt hatte jede Familie mindestens fünf Kinder - und wie viele Totgeborene waren zu beklagen, wie viele Kinder wurden nur wenige Jahre alt! Wurde das einfach weggesteckt, weil es weitergehen musste - oder wurden die Eltern bitter und hart?

Sie versucht, sich die jungen Frauen vorzustellen – immer mit Schürze und Kopftuch, raue, verarbeitete Hände. Eine Ziege gehört zum Haus, der Garten muss die notwendige Nahrung liefern – und wie oft lebten die Eltern oder eine ledige Tante im engen Haus, in dem nicht jedes Kind ein eigenes Bett, geschweige denn ein eigenes Zimmer hatte.

Geld war immer knapp. Diese alten Generationen wussten noch, was Hunger war, und im Winter lernte man notgedrungen die kalte Pracht der Eisblumen kennen.

Freizeit war ein Fremdwort. Auch die Kinder mussten früh helfen. Mamas Taxi-Dienste gab es nicht, man ging zu Fuß oder blieb zu Hause.

Zu vielen Gegenständen im Haus, zu den Möbeln, den wenigen Büchern hatte man ein ganz anderes Verhältnis als heute. Wilhelm war Schreiner und er wusste, wie lange manche Leute auf ein Möbelstück sparen mussten. Oft genug wurde er aber auch mit Naturalien bezahlt.

Im Ort kannte man sich. Kaum sah man einen Fremden. Erst mit dem Bau der Bahn veränderte sich manches. Die Struktur war geprägt durch den Bergbau. Der eine oder andere war stolz auf besondere Steine, die er gefunden hatte. Ein anderer litt schon als junger Mann unter der Staublunge. Saubere Luft gab es nur an wenigen Tagen, wenn ein kräftiger Wind blies. Schwarz, dreckig, eng, verschiefert, das machte nicht immer einen freundlichen Eindruck im Ort. Reich wurden die anderen.

Als Wilhelms dritte Frau ihm das elfte Kind gebar, wurde der Kaiser Pate. Eine Urkunde wurde überreicht, eine Begegnung fand aber nie statt.

Heute sind die Menschen stolz auf ihre Vergangenheit, dass sie durchgehalten haben; aber sie ahnen nicht, wie schwer es die früheren Generationen hatten, und sie genießen nur selten, dass es ihnen heute so gut geht.

Im Zug

Vor ihm lagen sechzig Minuten Zugfahrt, die Strecke kannte er. Es lohnte sich nicht, nach draußen zu gucken. Also hatte er sich vorbereitet, ein Buch besorgt, um sich darein zu vertiefen, sich ganz darauf zu konzentrieren. Darauf freute er sich schon. Mit drei Mädels teilte er das Abteil. Die gestreifte Mütze hatte er immer noch an. Bald war er wieder mitten in der Geschichte, Amerika, in den armen Zeiten, Nicolas Sparks. Irgendwie berührte ihn die Geschichte, er war doch sonst nicht so empfindsam. Wie immer verbrachten Ann und Willie einige Stunden zusammen. Sie genossen ihr Beisammensein.

„Kenne ich Sie, Sie sind mir so vertraut?"
„Ich bin Willie, - möchten Sie mit mir ein wenig spazieren gehen?" Immer wieder musste er ganz von vorne anfangen, obwohl sie schon seit 40 Jahren verheiratet waren. Es schmerzte, aber er freute sich darüber, dass er ihr gefiel. Ganz behutsam kamen sie sich auch heute näher, für sie wie ein erstes Mal.
- Ein Blick aus dem Zugfenster, Gedanken an Lara, an ihr letztes Date. So viel Hoffnung hatte er damit verbunden, er war richtig aufgeregt gewesen. Er hatte ihr eine Rose mitgebracht. Aber auf eine weitere Verabredung wollte sie sich nicht einlassen, eine Auszeit, Nachdenken. War es denn nicht schön, zusammen zu sein, sie verstanden sich doch gut?!
Als Willie von früher erzählte, war Ann ganz interessiert. Als ob sie ein déjà-vu hatte, so lebendig wirkte sie auf einmal, erinnerte sie sich wirklich, dass sie Teil eines gemeinsamen Lebens war? Gab ihr Geist die Erinnerung wieder? Willie spürte an ihrer Reaktion, dass sie müde wurde, wie die vergangene Zeit wieder im Nebel versank. Ann bedankte sich für die nette Begleitung an dem Nachmittag: „Vielleicht begegnen wir uns mal wieder?!"
Der Zug ratterte. Ann und Lara verschwammen in Gedanken. Vielleicht begegnen wir uns wieder – er schob das Buch vor die Au-

gen, die Buchstaben verschwammen und tanzten. Eins der Mädel machte große Augen, aber dann wies er auf den Titel und Autor des Buches. „Das kenne ich, mir ging es genauso, als ich die Geschichte las." Der Zug verlangsamte sich. Das quietschende Bremsen holte ihn deutlich in die Gegenwart zurück. In Hagen musste er umsteigen. Pause. Auf der nächsten Strecke würde er sich die Mathematik-Aufgaben angucken.

Das Kätzchen

Schon stunden- und tagelang war ich gelaufen. Den Weg hatte ich verloren. Er wurde zum Irrweg. Die Dornen zerkratzten Arme und Beine. Das Brot wurde weniger. Nachts fand ich einen einfachen Unterschlupf. Ich versuchte, mich nach der Sonne zu richten.

Der Wald lichtete sich. Wege wurden erkennbar. Unbekannte Geräusche waren zu hören. Ich vernahm ein leises, herzzerreißendes Weinen. Hier, ein Kind? Ich folgte der Stimme und fand ein kleines mageres Kätzchen. Ich nahm es auf. Durch sein schmutziges Fell fühlte ich die Knochen. Ich suchte eine Wasserstelle und weichte etwas Brot auf. Nach anfänglichem Zögern hörte ich ein genüssliches Schmatzen.

Das Kätzchen vermittelte mir die Botschaft, dass Menschen in der Nähe sein müssten. So war ich voller Hoffnung, Wege zu einer Ansiedlung zu finden. Das Kätzchen lenkte mich von meinen Sorgen ab und ich war froh, einen Zuhörer gefunden zu haben.

Bald sah ich aus der Ferne einen Hof. Ich hörte das Spielen von Kindern. Als ich in ihr Blickfeld geriet, kamen sie mir entgegen.

Mit Freude und Überraschung erblickten und erkannten sie das Kätzchen, das ausgesetzt worden war. Schnell besorgten sie Milch und wir einigten uns darauf, dass ich das Kätzchen behalten sollte. Es hatte im Wald überlebt und sollte diese neue Chance nutzen dürfen, wenn es mich auf der weiteren Wanderschaft begleitete.

Erntefest

Lange, lange hatte es geregnet. Glücklicherweise mit Unterbrechungen, so dass das Korn nicht verfault war. Immer wieder hatten sich die Ähren aufgerichtet. Und nun wurden die warmen, fast heißen Tage genutzt; fast konnte man zusehen, wie alles wuchs. Nach der Tagesarbeit ging der Bauer übers Feld und prüfte den Stand. Er hatte Geduld und wollte noch warten. Wie immer beobachtete er genau die Wetterentwicklung. Viele Jahre gaben ihm die Erfahrung, keine voreiligen Schlüsse zu ziehen. Golden wogten die Felder. Es war ein zufriedenstellender Anblick, der ihn ruhig in die nächsten Monate blicken ließ.

Am Montag sollte die Ernte beginnen. Vor Tau und Tag kamen alle zusammen, ausgerüstet mit Sicheln, um das Korn zu schneiden, zu binden. Mit Begeisterung und Schaffenskraft ging man ans Tagwerk. Die Arbeiten und Bewegungen lagen ihnen im Blut. Ohne viele Worte gruppierten sich die Helfer und arbeiteten Hand in Hand. Bald sah man die ersten Garben auf dem Feld stehen. Dann stimmte einer ein Lied an, in das alle einfielen. Das Dengeln der Sicheln wirkte wie eine Bassstimme. Zum Frühstück kam eine Magd mit einem großen Korb frischen Brots. In der freien Natur schmeckte es unvergleichlich gut. Frisches Wasser aus einer nahegelegenen Quelle löschte den Durst.

Nach zwei, drei Tagen war die Arbeit getan. Wie immer stellte sich ein Gefühl ein, das voller Zufriedenheit war. Andere Erntearbeiten würden folgen. Viel Arbeit, anstrengende Zeiten, aber ein guter Rhythmus und ein wunderbares Erntefest gehörten dazu. Der Bauer war fürsorglich, er gönnte allen, die mit und für ihn arbeiteten, ihr Brot und die Freude am Leben.

Zum Erntefest wurde in jedem Jahr eine wunderschöne Erntekrone gebunden. Das ganze Dorf feierte zusammen. Freude und Dankbarkeit für das gute Wetter, eine ausreichende Ernte, eine sorgenlose Zukunft. Es wurde getanzt, gegessen, getrunken, das Spanferkel garte am Spieß. Und als die Sonne langsam sank, blieb sie im Herzen aller, die noch lange feierten.

Das alte Zimmer

Es war ein besonderes Zimmer. Meist war es verschlossen. Noch nicht einmal sonntags war es regelmäßig offen. Verschlossen war es mit einer mächtigen, geschnitzten Eichentür, so wie viele Zimmer in dem Haus geschlossen werden konnten. Für das Kind war die Klinke kaum erreichbar. Auf die Zehenspitzen musste es sich stellen. Manchmal fasste es den Mut, eine kleine Bank herbeizuholen, um durch das Schlüsselloch zu sehen. Aber in dem abgedunkelten Raum war kaum etwas zu erkennen. In der dunklen Jahreszeit änderte sich manches. Ab und zu war die Tür nur angelehnt. Das Hausmädchen hatte etwas zu verrichten. Verbunden mit dem Duft von Weihnachtsplätzchen war die Gewohnheit, dieses Zimmer für die Weihnachtsfeier und viele Besucher vorzubereiten.

Und trotzdem gab es Zeiten, in denen im Verlauf des Jahres der Raum nicht genutzt wurde, dass das Zimmer seinen Reiz hatte, vielleicht nur, weil es abgeschlossen war, weil es möglicherweise Geheimnisse barg, weil es nicht selbstverständlich zugänglich war.

Dieses Zimmer war Geschichte. Und wie das Kind später erfuhr, war es vor allem die Geschichte des Großvaters, der sich in den letzten Jahres seines Lebens mehrheitlich dort aufgehalten hatte: Bilder der Vorfahren zierten die Wände, steife Kleidung, dunkel, hochgeschlossen, ernste Gesichter. Alte Bücher, eingebunden in Schweinsleder, zeugten von seinen Studien im Vermessungswesen, alte Landkarten lagen aufgerollt in den Regalen, ein Globus zeugte von vergangenen Erkenntnissen. Perserteppiche, Tische mit handgetriebenen Schalen, sämtliche Utensilien auf dem schwer zu bewegenden Schreibtisch trugen Ornamente des Vorderen Orients. Das Zimmer trug den Hauch vergangener Jahre. Sich dieser Zeit immer wieder auszusetzen bildete einen Reiz, der nicht allein gestillt werden konnte mit dem Blick durch das Schlüsselloch.

Diese besondere Atmosphäre war in den Weihnachtstagen verdeckt. Wenn die schweren Vorhänge beiseite geschoben waren, drang das Licht des heutigen Alltags hinein, die Weihnachtsdekoration, der Duft, die Menschen verdrängten den sonst üblichen Charakter.

Jahre später war dem herangewachsenen Kind auf einmal klar – wie bei einem Schlüsselerlebnis –, wie sehr einzelne Menschen mit einem Zimmer identifiziert werden können. Nicht nur das Haus, seine Einrichtung, sondern vor allem die privateste Ecke eines Menschen verrät viel, mehr als der Blick durch das Schlüsselloch. „Sage mir, wie dein Zimmer aussieht – und ich weiß genauer, wer du bist."

Wenn möglich, so machte sie es sich zur Gewohnheit, auf diesem Wege ihrer Menschenkenntnis nachzuhelfen. Und auch sich selbst nahm sie deutlicher wahr mit ihren Wünschen und Vorlieben, wenn sie sich in ihrem Zimmer umguckte. Und ihr fiel auf, dass sie nur ganz wenigen Menschen Zugang gewähren würde. Was man durchs Schlüsselloch sah, das konnte reichen!

14 Tage Weihnachtsferien

Tom und Yannick wollten die Zeit nutzen, nur abhängen? – nein. Sie machten sich einen Plan und verabredeten sich jeden Morgen, mal zum Wandern ausgerüstet, mal mit dem Fahrrad, mal zum Schwimmen. Es wirkte wie ein Gegenprogramm. Am ersten Morgen überraschten sie den Nachbarn, wie er sich – es wirkte heimlich – im Wald einen Weihnachtsbaum schlug. Am zweiten Tag beobachteten sie auf dem Fahrradweg die Sturmschäden. Im Hallenbad fiel ihnen am folgenden Tag der amputierte Mann auf, der trotzdem seine Bahnen zog. Später halfen sie Frau Müller, den Weg vom Schnee frei zu räumen. Ihr Programm hatten sie mittlerweile geändert, weil sie ständig Neues sahen, das sie gerne anpackten und erledigten. Am späten Nachmittag zelebrierten sie eine dämmrige Teestunde, in der sie das Erlebte besprachen. Die Ideen stürzten nur so auf sie ein. Ihre Mütter waren froh, dass sie nicht bis mittags im Bett lagen. Sie selbst waren ausgeglichen. Es war kein Weihnachtsgefühl und trotzdem ging es ihnen gut. Was angeblich in diese zwei Wochen gehörte, das brauchten sie nicht. Das machte andere nur hektisch, verlogen, verkrampft.

Am Heiligen Abend wunderten sich ihre Familien, dass sie es vorzogen, Alleinstehenden ein Fest zu bereiten helfen. Natürlich war es auch für sie befremdlich, aber es machte ihnen Freude. An den Weihnachtstagen brachten sie Plätzchen ins Krankenhaus, die sie selbst mit Omas Hilfe gebacken hatten. Die überraschten und erstaunten Augen waren genug an Dankbarkeit. Zum Ende der Ferien gönnten sie sich eine Fahrt zum Skispringen. Live dabei sein, jubeln zu können, zu bibbern – das war ein krönender Abschluss. Allein hätte keiner diese Tage so gestaltet und verbracht, zusammen war es eine unvergessliche Zeit.

Pizzatradition

Freitags gibt es selbst gemachte Pizza. Es hat eine Zeit gedauert, bis ich das Rezept auswendig konnte. Auch nach jahrelanger Unterbrechung, nach Vereinfachungen hat es sich wieder eingeprägt und dieses Essen markiert den Beginn des Wochenendes. Am Anfang stand ein Pizzabackbuch. Also wurde ein Versuch gestartet. Seltsamerweise klappte zum ersten Mal die Verarbeitung von Hefe. Die Boschmaschine knetet den Teig. Dann werden ein, zwei Kügelchen von dem Teig abgezweigt für die Mädchen. Ein kleines Ritual, das Freude macht, das zeigt: Wir denken aneinander. Beim letzten Mal war ein kleines Kügelchen schließlich ein rundes, flaches Teigscheibchen, bevor es verspeist wurde. Der leicht vorgewärmte Ofen lässt den Hefeteig unter Folie luftdicht abgeschlossen gehen. Zur fertigen Pizza, die immer mit tonno belegt ist, da die jüngste Tochter Vegetarierin ist, gehört der Freitagskrimi oder eine typische Sendung, die den Abend prägt. Am nächsten Morgen klingelt nicht gegen 6 Uhr der Wecker. Das macht schon ein besonderes Wochenendgefühl aus. Die Pizzastücke werden auf dem Schoß auf Tabletts gegessen. Anstelle eines vierten Tabletts muss ein Deckel der Holzklötzchenkiste unserer ältesten Tochter herhalten, den mein Vater vor rund 17 Jahren herstellte und beschriftete; sie hörte damals auf den Namen "Schatzi". Die Größe und Anzahl der Pizzastücke wird immer so eingeteilt, dass jeder genug hat, dass auch für die Kinder, die eventuell später nach Hause kommen, noch eins übrig bleibt. Auch kalt schmeckt es. Wenn am nächsten Morgen der Ofen leer ist, kann ich schließen, dass der Sohn überhaupt nach Hause gekomen ist und noch Appetit hatte und nicht ausblieb.

Als er an einem Abend mit Freunden in seinem Zimmer Fernsehspiele machte, wurden die Stücke kleiner und reichten für alle.

Als die Kinder vor Jahren noch jünger waren, waren die gebackenen Teigränder am begehrtesten. Auch das konnte ja beim Verteilen des Teiges auf den Blechen berücksichtigt werden.

Wenn es außer der Reihe mal donnerstags oder samstags Pizza gibt, wird unser ganzes Empfinden für den Wochenrhythmus umgeschmissen. Wie schnell hat man doch kleine Traditionen und Strukturen gebildet. Und wenn am nächsten Morgen wider Erwarten noch etwas übrig ist, dann ist es sicherlich schnell weggenascht. Warum nicht Pizza zum Frühstück?!

himmelhochjauchzend

Irgendetwas stimmte nicht mit der Chemie. Alles, wirklich alles war anders und neu. Kein Wecker war mehr nötig, um in den neuen Tag zu starten. Wie eine angespannte Saite, so fühlte sie sich. Sie roch die Frühlingsluft und nahm gar nicht wahr, dass draußen graues Novemberwetter herrschte.

In Gedanken hatte sie es sich immer so vorgestellt: Mai, zartgrüne Blätter, die durch den Regen üppig grün werden, eine tiefgehende, nie gekannte Freude, eine Hochstimmung, die keiner trüben konnte. Die Schule war nicht mehr wichtig, die drohende Wiederholung der Klasse konnte sie nicht betrüben, sie kannte nur noch Zukunft und Vorfreude, einfach himmelhochjauchzend.

Morgen würde sie ihn wieder sehen. Er hatte einfach alles, was sie sich wünschen konnte: sein Blick, seine Haare, seine Augen.

Ihre Geschwister grinsten nur, wenn sie sie sahen. Wie in Trance lief sie umher. Man konnte ihr nichts mehr übel nehmen – und nur ganz entfernt spürte sie, dass alle darauf warteten, dass sie aus allen Wolken fiel. Wenn sie wüssten! So etwas hatte noch keine erlebt. Diese Begegnung war einmalig. Solch eine Elektrizität hatte noch keine gespürt.

Ganz vorsichtig – denn keiner sollte etwas merken – hatte sie Erkundigungen über ihn eingezogen. Er wohnte schon lange im Nachbarort, fuhr auch seit Monaten dieselbe Busstrecke, aber erst vor zwei Wochen hatte es eingeschlagen.

Stundenlang saß sie am Schreibtisch und malte seinen Namen aufs Papier. Sie hörte nicht das Klopfen an der Tür und schrak zusammen, als sie von hinten berührt wurde.

Sie war doch nicht krank! Ihre Wahrnehmung war nur anders, schöner, herrlich. Soll das die rosarote Brille sein? Und wenn schon – es war viel besser als zehn Aufputschmittel wirken könnten.

Sie war ein ganz anderer Mensch geworden, nur weil sie diesen Mann gesehen hatte, weil sie sich nach ihm sehnte, sich in seiner Nähe so wohl fühlte wie nie zuvor, weil sie in Gedanken damit beschäftigt war, womit sie ihn beglücken könnte.

Ein Geheimnis, dass allein die Existenz von ihm sie so verändern konnte, dass sein freundlicher Blick, sein Lächeln sie so in Wallung brachte – und sie hasste es doch, rot zu werden.

Den ganzen Nachmittag verbrachte sie damit zu planen, wo sie sich am besten im Bus hinsetzen wollte. Sie musste es sehen, wenn er einstieg. Ob er sich gegen die Fahrtrichtung setzen würde, relativ weit vorne, wie meistens?

Wie sie am nächsten Morgen an die Haltestelle gekommen war, wusste sie nicht mehr. Wie erwartet stieg er ein, an seiner Hand einen kleinen Jungen. „Papa, darf ich auf deinem Schoß sitzen?", hörte sie das Kind fragen. Der Vater nahm den Jungen hoch und als er sie sah, grüßte er freundlich. In ihr aber stürzten alle Himmel ein.

Topf

Ein großer, schwarzer Topf: bei uns wäre er sehr teuer und schwer, gusseisern.

Er steht in einer halb gedeckten Hütte in Südafrika. Eine Großmutter rührt den Inhalt. Sie ist nicht alt, aber der Untertitel des Bildes verrät, dass hier eine Oma für ihre Enkel sorgt. Kein Vergleichen ist erlaubt mit unseren Küchen, in denen die Töpfe auf der Ceranplatte stehen, nach dem Kochen in der Spülmaschine mit viel Wasser gereinigt werden; vorher waren sie möglicherweise mit fast food gefüllt – und doch klagen wir über Zeitmangel.

Das größte Enkelkind hatte am vorhergehenden Tag Stunden um Wasser angestanden. Ein Teil der täglichen Arbeit war der kilometerlange Marsch zur Wasserstelle, zum Brunnen, der mit Hilfe deutscher Partner erbaut worden war, und dessen Pumpe einige Stunden am Tag arbeitet. Dann kann es aber auch wieder Monate Pause geben, wenn eine Reparatur fällig ist, das Ersatzteil nicht geliefert wird oder sich kein Monteur findet.

Das Essen in dem dreibeinigen Topf ist nicht besonders schmackhaft. Das Grundnahrungsmittel, das es eigentlich schon immer gab, ist einseitig. Man sieht diese Fehlernährung gerade den jungen Menschen an. Aber viel problematischer ist die Generation, die nicht mehr da ist. Die Eltern sind nicht verreist oder zur Lohnarbeit auf Montage, sondern Opfer des Aids-Virus geworden. Damit fallen auch diejenigen aus, die für die Alten sorgen, die sich um die Jungen kümmern, die jetzt die meiste Verantwortung tragen müssten.

Die Großmutter tut für ihr Alter das Beste, die großen Kinder müssen auf die jüngeren aufpassen. Die Spirale der Not zieht alle nach unten, weil kaum Verdienst da ist, die Kinder nicht zur Schule können und auch kein Geld für Hefte und Stifte hätten.

„Kinder brauchen Erinnerungen" – diese Überschrift hat manche todkranke Eltern bewegt, etwas von sich aufzuschreiben – Alltägliches, Vergangenes, damit die Kinder einmal Antworten finden können auf die Fragen nach dem Woher? Wer bin ich? Was könnte mein Weg werden?

Die Sehnsucht nach Zuwendung, das Verlangen der jungen Mädchen nach einer eigenen Familie ist sehr belastet. Ist der Freund, der Partner gesund? Werden meine Kinder gesund sein oder sind sie von Anfang an für den Tod bestimmt? Bekommen wir Medikamente, Unterstützung, die gar nicht so aufwendig sind, dass wir gesund leben können?

Die Großmutter ist an jedem Tag froh, an dem sie Essen zubereiten kann. So hat sie sich ihren so genannten Lebensabend nicht vorgestellt. Den Kindern fehlt das unbeschwerte Spielen. Zu früh sind sie sich allein überlassen.

Immer wieder gibt es Weiße, die kommen, um zu helfen. Manchmal hilft es sehr zu merken, dass sie nicht vergessen werden, dass ihre Not bekannt ist. Menschen machen sich auf, weil sie für sie Hoffnung haben, weil ihre Probleme zu deren Problemen geworden sind. Und dann gibt es Versuche, nicht mehr mit Geschenken zu helfen, sondern mit Leihgaben. Ein kleiner Kredit hilft, Gemüse anzubauen und etwas davon zu verkaufen; aus Stoffen Kleider zu fertigen; mit Kleinvieh den Speisezettel zu erweitern und durch den Verkauf einen Erlös zu erhalten.

Und dann gibt es für einzelne die Möglichkeit, eine Schule zu besuchen und damit einen Weg zu begehen, der ein Ausweg aus dem Elend sein könnte. Sie bekommen damit auch ihre Würde wieder, wenn sie befähigt werden, für sich selbst zu sorgen, für Essen, ein Dach über dem Kopf, Kleidung und Arbeit.

Nur, wer will ihnen die Eltern ersetzen? Wer nimmt ihnen die Angst vor AIDS?

Wonnemonat Mai

Wenn ich an den Mai denke, sehe ich ein Blütenmeer vor mir. „Wonnemonat" nennt man ihn, in Gedanken an Hochzeiten? Hinaus, aus dem langen Winter, aus Dunkelheiten. Mit dem Frühjahrsputz wird die dunkle Jahreszeit ausgekehrt; die Burschen packen ihr Bündel und gehen auf die Walz. Am Ufer künden die leeren Flaschen von feucht-fröhlichen Abenden. An jedem Wochenende wird gefeiert mit Bällen, die eine Stadt zur Sieg rollen lässt, mit Bällen, auf denen Goethe mit seinem Schwarm in Volpertshausen tanzt, mit Schneebällen, die als Blütenbuschen dem Schnee endgültig ade sagen. Ich lache, ich freue mich, der Frühling hat Erleichterung gebracht. Die Gicht zwickt nicht mehr so. Beim Malen fällt es mir nicht mehr so schwer, den Pinsel zu halten. Neue Motive entstehen vor meinen Augen. Ich rücke das Gold der Blüten in die Mitte meines Bildes. Nicht überraschend, aber doch aus heiterem Himmel, aus einem Himmel, der es gut mit mir meint. Die warmen Sonnenstrahlen des Mai wärmen meinen alten Buckel. Meine Winterstarre, meine Verkrampfungen lösen sich. Ich lache dem Winter hinterher, er hat verspielt. Wenn die kalte Sophie noch einmal zuschlagen will, so kann sie dem Grün nichts mehr anhaben. Interessiert gucke ich, was auf mich zukommt. Heute kann mich nichts beunruhigen. Und selbst wenn der Geharnischte mit seinem Schwert näher kommt, wird er mir keine Furcht einflößen. Die vielen Jahre, die ich auf dem Buckel habe, haben mich gelehrt, dass es immer wieder Grund zum Lachen gibt, und wenn es die kleinen Kinder sind, die ich am Brunnen beobachte, die versuchen, den Fontänen auszuweichen, die ihren Strahl suchen und dann doch über das plötzliche Nass von oben erschrocken sind und juchzen. Sie haben eine unwissende Leichtigkeit, die ich mir in meinen hohen Jahren auch ersehne, die Narrenfreiheit, die man Kindern und Alten zugesteht, Unkenntnis und Vergesslichkeit, Abschied nehmen können und neu anfangen. Ich kann lachen, weil ich schon so vieles hinter mir habe. Der große Schatz an Erfahrungen beschwert mich nicht, sondern erleich-tert meine letzten Jahre. Wie eine krönende Girlande legt sich das Lachen um meine Schultern. Ich habe für Euch Hoffnung. Stellt Euch dem Leben, genießt die guten Tage und sammelt Kraft für die schweren Zeiten, die nicht ausbleiben werden. Vergesst nicht das, was Ihr lernt, vergesst nicht, was Euch das Leben aus bitteren Erfahrungen beibringt. Es wird Euch aufrichten, es wird Euch Gewicht verleihen, damit nicht jeder Sturm Euch umwerfen kann. Lernt aus dem Wechsel der Natur, dass die Bäume nicht in den Himmel wachsen, aber auch aus dem kleinsten Stumpf Neues wachsen kann. Die vielen Jahre, die mich zwar krumm gemacht haben, haben mir auch Geduld gebracht. Ich kann warten, bis es anders wird, und auch das zaubert mir wieder ein Lächeln ins Gesicht. Ja, manchmal ist es wirklich ein Zauber, unerklärlich, aber fühlbar, wie die ersten warmen Tage im Mai.

Post

Es war einmal ein anderer Tag. Der Briefträger kam früher als sonst. Er hatte nicht so viel zu verteilen, montags gab es immer weniger zu tun. Pia musste nur einmal an den großen blauen Briefkasten gehen, um schon fündig zu werden, um diesen besonderen hellgelben Umschlag vorzufinden, dessen Rückseite von einem besonderen Absender zeugte. Pia und ihr Mann Hubert waren eingeladen worden zu einem Empfang im Schloss, Abendgarderobe war gewünscht, ein Auto würde geschickt werden, das das Paar abholte. Der Absender war unbekannt. Rätselraten, ein wenig Kopfschütteln, Verwundern, Spannung und dann auf einmal die Idee, darauf lassen wir uns ein. Für Auslagen, die im Zusammenhang mit der Vorbereitung und Ausstattung des Abends entstünden, müsste man nur den Absender angeben.

Viel zu schnell rückte der Abend näher. Alle Tage bis dahin wurden wie im Flug erlebt. Die Spannung und Vorfreude bestimmten den Alltag. Kurz vor der verabredeten Stunde sah man das Paar, geschmückt, in langem Kleid, geschmückt mit einem Hut, bereit, sich auf Neues, Unbekanntes einzulassen. Das dunkle Auto fuhr vor und brachte das erstaunte Paar zu einem nahe gelegenen Wasserschloss, in dem sich schon viele Menschen zu einem Stehempfang eingefunden hatten. Nach einer Begrüßung durch den Gastgeber, der ihnen immer noch nicht bekannt war, wurde man gebeten, Platz zu nehmen und einem Vortrag zu lauschen. Bald nahm ein Reisebericht die Zuhörer gefangen. Der Referent entführte sie gedanklich, unterstützt mit wunderbaren, bunten Bildern, auf verschiedene Südseeinseln und brachte ihnen die Menschen und ihre Lebensweisen nahe. Gepackt und berührt folgten die Zuhörer. Der Abend endete mit einem Imbiss, zusammengestellt aus Nahrungsmitteln, die ihnen meist fremd waren. Wie im Flug verging die Zeit. Bald wurden Pia und Hubert wieder zum Wagen geleitet und nach Hause gebracht. Wie im Traum hatten sie die Stunden verlebt.

Eine Woche später fand Pia wieder einen Brief vor. Er enthielt das Angebot zu einem Forschungsauftrag, zu dessen Verwirklichung mutige, interessierte Menschen gesucht wurden. Innerlich vorbereitet und offen für Veränderungen beantworteten sie das Schreiben positiv, verabredeten sich mit dem Personalchef eines weltweiten Unternehmens und bald hatte ihr Alltag eine Wende genommen, die sie sich vorher nie hatten träumen lassen. Als Mitglied eines Teams würden sie in den kommenden Jahren ein großes Projekt fern ab ihres bisherigen Lebensbereiches durchführen.

Das Staunen hörte nicht auf und doch passte diese neue Aufgabe in alle ihre Sehnsüchte, sie knüpfte nahtlos an die bisherigen Erfahrungen an.

Erpel in Weimar

Hi, ich bin Drake. Und zuerst muss ich klarstellen, dass ich keine „sie", sondern ein „er" bin. Das sieht man doch. Mein buntes Gefieder spricht für sich. Jedenfalls wissen wir Tiere das. Ich komme aus einem wunderbaren Teich in Weimar. Was meine Vorfahren und ich erlebt haben, darüber könnte ich Bücher schreibe. (Dafür müsste noch ein besonderes Schreib-Utensil erfunden werden, das ich mit meinen Erpel-Füßen halten kann.)

Dieser Tage war ich wieder auf dem Historischen Friedhof. Ich mag dieses Gelände, da es nicht so gestylt ist wie moderne Anlagen. Ich watschele meine Runde, grüße Frau von Stein, wende mich den Gräbern derer von Goethe zu, flaniere an der Gruft der Maria Pawlowna vorbei und nicke der letzten Ruhestätte des Geheimrates zu. Ich hoffe, ihr habt gemerkt, wie dieser Gang mich adelt. Meine Gedanken wandern zu Schiller, dem hochgewachsenen Kollegen. Und wenn es mir zu altbacken wird, drehe ich noch eine Runde am Bauhaus. Das ist nicht mein bevorzugter Stil, aber danach fühle ich mich um so wohler, wenn ich im Teich bade, eine Melodie von Liszt summe und dabei über all die möglichen und unmöglichen Abenteuer dieser Künstler nachdenke. Was hat sich eigentlich geändert gegenüber früher? Heute fährt man mit dem Auto anstatt zu reiten. Die Kleidung ist nicht mehr so üppig. Nur wir gefiederten Gesellen sind uns treu geblieben. Nachher werde ich noch zur Ruine gehen, in einer schattigen Ecke werde ich ein Nickerchen machen und abends die Studenten beim Grillen beobachten. Haben die wirklich nichts anderes zu tun? Aber aus sicherer Quelle weiß ich, dass der Geheimrat früher auch lieber in der Natur und beim Tanz war, anstatt die vom Vater verordneten Studien zu treiben.

Nun staunt ihr, was ich so alles weiß. Ich genieße es, die Menschen beobachten zu können. Manchmal schüttele ich meinen Kopf über sie und ihr Verhalten. Wenn es mir zu viel wird, kann ich abtauchen. Mich schützt mein buntes Federkleid. Und so lange ihr keinen Appetit auf Ente habt, lassen wir uns gegenseitig in Ruhe.

Schafe auf der Fraueninsel

Es ist schon lange her. Es war zu der Zeit, als die Blätter noch nicht grün waren, als die Bilder unserer saftigen Wiesen und Weiden noch in schwarz-weiß wiedergegeben wurden. Wir leben auf einer recht kleinen Insel, die Menschen würden behaupten als Ersatz für einen Rasenmäher. Autos sind bei uns nicht zugelassen, wo sollten sie auch fahren? Unsere Insel ist der Inbegriff von

Lieblichkeit, mindestens im Sommer. So erzählt uns unsere Mutter, denn wir sind noch so jung, dass alles für uns neu ist, wir haben noch keinen Sommer erlebt. Unsere Insel hat zwei Seiten: Es gibt die Inselbewohner, Künstler, Kunsthandwerker, Maler, Bootsbauer, dann aber auch vor allem tagsüber die Touristen. Manchmal bleiben sie auch bis in die Nacht, wenn es noch ein spätes Schiff gibt, das sie zurückfährt. Unsere Insel hat Geschichte. Ein uraltes Kloster steht im Mittelpunkt, eine vielleicht noch ältere Linde muss mittlerweile gestützt werden. Die Gastronomie blüht, verschluckt die Massen an Touristen, mittags und nachmittags, rahmt den Inselrundgang ein. Ein besonderes Highlight ist der Besuch des Buchladens, aber das geht an mir vorbei, es sei denn, es ginge um Kraftfutter.

Vor 13 ½ Jahren konnte man auch von hier eine Sonnenfinsternis erleben. Die Menschen hatten sich besondere Brillen besorgt. Gegen Mittag sollte dieses seltene Ereignis stattfinden. Am späten Vormittag kühlte es ab, es dämmerte, die Enten kamen aus dem Wasser und suchten ihren Ruheplatz auf. Lichter wurden entzündet. Die Vögel stellten ihr Zwitschern und Pfeifen ein, es wurde ruhig. Die Wellen schlugen sanfter gegen das Ufer. Das Schiff war beleuchtet. Angeregt kamen die Menschen zum Ufer, wiesen sich gegenseitig auf Besonderheiten hin. Der Tagesablauf wurde unterbrochen. Man hielt inne, beobachtete vorsichtig, die Augen schützend, die Sonne. Man brauchte im August auf einmal eine Jacke, wie am Abend. Wir kuschelten uns näher an unsere Mutter heran. Es war außergewöhnlich und doch war es natürlich. Automatisch verhielten wir uns dem Dämmerlicht, der Frische entsprechend. Und dann war es schnell dunkel. „Oh" und „ah", „guck mal", und dann sahen wir nichts mehr. Eine zarte Sichel auf der einen Seite, Dunkelheit. Dann diese feine Sonnensichel zur anderen Seite, ergriffen, fast ehrfürchtig wirkten die Menschen, wie im Schatten der Nacht. Applaus, Ausdruck des Erlebens, berührt sein von diesem Naturereignis. Und ganz zart gab es neue Licht- und Sonnenstrahlen, hier und da wurde ein Licht gelöscht, die Enten lugten unter ihrem Federkleid hervor, erstaunt über die „kurze Nacht" oder die ungewöhnliche Unterbrechung des Tages. Es wurde wieder lauter. Die Kellnerinnen trugen die Gedecke auf, die wärmende Jacke war nicht mehr nötig. Das Alltägliche fand wieder seinen Weg. In der Nähe unserer Mutter ließ sich auch so ein Tag, oder war es eine Nacht mitten im Tag?, gut erleben.

Hase und Igel

Ich lag auf dem Rücken im Gras und schaute in das tiefe Blau. Ich musste blinzeln. Eine einzelne Wolke schob sich vor die Sonne, aber die macht noch keinen Regen. Ein bisschen feucht war es, aber ich war zu träge um aufzustehen. Ein Igel näherte sich. Ich blieb zuerst unbeweglich liegen, um ihn nicht zu verscheuchen. Aber ihn schien es nicht zu stören. Wie Gulliver kam ich mir vor, groß gegenüber dem kleinen Hosenmatze. Ich staunte gar nicht, dass der Igel aufrecht ging, dass er eine Lederhose trug und hinter sich her einen Hasen am langen Ohr schleifte. Von der Rennbahn kamen die beiden. Sie suchten einen Schiedsrichter, da der Hase dem Igel vorgeworfen hatte, dass er ihn betrogen hätte. Der Igel ließ sich auf keine Debatte ein. „Wer war am Ziel, wer war der erste? Du oder ich? War ich vor dir da?" Der Hase konnte nichts einwenden. Ausgelaugt, mit viel Unverstand, suchte er vergeblich nach Argumenten. Sollte ich dem armen Hasen eine Erklärung liefern? Sollte ich ihm mit meinem Grimm'schen Vorwissen buchstäblich auf die Sprünge helfen? Dieses tierische Gezänk, diese List sollten die beiden selber klären.

Ich schmunzelte über den Vorwitz, den Ideenreichtum des Igels. Im Doppelpack, mit

Hilfe seiner Igelfrau hatte er sein Ziel erreicht. Dem Hasen, der große und hohe Sprünge machte, fehlte dabei allerdings sein Überblick. Er guckte nicht hinter die Büsche, sah nicht genau sein Gegenüber an, war zu voreingenommen von seiner Überlegenheit, die ihn blind gemacht hatte.

Ich blieb im Gras liegen. Ob es ein Traum war? Egal. Flach im Gras liegen, in der Horizontalen, das nahm mir den sonst üblichen Überblick. Am liebsten hätte ich mit dem Igelpaar laut gelacht, aber der Hase tat mir auch ein wenig Leid. Wie oft war ich selbst so ein Langohr! Wie oft sah ich nur einen Ausschnitt dessen, was mir eine Erklärung hätte liefern können. Ich beneidete den Igel um seinen Witz und seinen Ideenreichtum. Seine Teamarbeit hatte ihm diesmal geholfen.

Pferde

Alles ist offen, die Pferde tänzeln. Worauf warten sie? Es herrscht Unruhe – warum eigentlich? Gibt heute keiner ein Kommando? Sind sie zu früh? Ist ein Tier verletzt? Müssen sie noch die Wettervorhersage abwarten, weil die Tiere bei Gewitter erschrecken könnten? Jeder guckt in eine andere Richtung, in entgegengesetzte Richtungen. Nach vorne, nach unten, zum anderen. Was für ein Theater gibt es? Diese Unruhe steigert die Nervosität. Lange kann man das nicht mehr aushalten.

Und dann auf einmal - wie auf ein geheimes Kommando – geht es los. Die Pferde gehen durch. Alle Konzentration liegt in dem schnellen Reiten, als ob sie fliegen. Auf einmal haben alle dasselbe Ziel vor Augen, unsichtbar, nur weiter, nach vorne. Von Pferd und Reiter wird das Letzte verlangt. Die unebene Landschaft schränkt keinen ein. Der Himmel verdunkelt sich, der Atem der Pferde ... die vorwärts gerichteten Augen ... ein überwundenes Hindernis, ein Blitz erhellt den Himmel. Als der Donner krachend herein fährt, ist ein Pferd gestürzt. Die ganze Anspannung hat sich entladen. Die anderen Pferde laufen aus, bleiben stehen, finden sich. Keiner ist verletzt. Mit langsamem Schritt findet die Gesellschaft einen Rhythmus, der sie zu dem verabredeten Jagdschloss bringt.

Sprachlos, erleichtert steigen die Reiter ab. Die Pferde werden versorgt. Heute will keiner mehr zurückreiten.